10가지 특별 부록 만드는 방법

⑧ 조로리 하트 놀이 (조로리와 공주님이 만나 하트를 만들 수 있게 도와주세요.)

만드는 방법

1) 오려 냅니다.

2) 반으로 접고 풀로 붙입니다.

3) 간단하게 완성!

놀이 방법

1) 엄지와 검지로 그림처럼 가볍게 잡습니다.

후~

2) 이 종이가 빙글 빙글 돌도록 입으로 바람을 부세요. 그러면 말이죠.

3) 앗! 조로리와 공주님이 만나니까 하트가 생겼어요.

주의

· 돌리는 데는 요령이 필요합니다. 연습해 보세요. (엄마 아빠는 잘할 수 있을까요?)
· 모서리 부분이 뾰족하니 조심하세요.
· 어지러워질 정도로 불지는 마세요.

⑨ 정리 봉투

(뒤쪽 면지에 있습니다. 만드는 방법도 거기에 같이 적혀 있어요.)

⑩ 사다리 타기로 보는 오늘의 운세 (겉표지 뒷면과 책 뒷면 부록을 사용해요.)

2) 먹고 싶은 라면을 고르고 선을 따라가면 누군가의 입에 도착합니다.

4) 그 안에 오늘의 운세가 적혀 있답니다.

그런데 이렇게 하면 선택한 라면에 따라 언제나 똑같은 결과가 나오겠지요?

1) 겉표지 뒷면에 있는 빨간 선을 따라 오려 둡니다.

3) 접힌 부분을 살짝 위로 넘겨 안 보세요.

운세 카드를 사용합니다. (6장의 운세 카드를 오려서 준비해 두세요.)

면과 면 사이에 놓아 주세요!

6명까지 함께 운세를 볼 수 있습니다. 오늘의 운세가 궁금한 사람은 각각 1장씩 카드를 선택한 다음, 원하는 곳에 카드를 올려놓습니다. (2명이 하면 2장, 6명이 하면 6장의 카드를 사다리 위에 올려 주세요.) 참여하는 사람들이 카드를 다 올려놓으면 이제 자기가 고른 라면을 따라 순서대로 사다리를 타고 내려와 오늘의 운세를 읽으면 됩니다.

장난천재 쾌걸 조로리

㉙ 라면 대결

하라 유타카 글·그림

라면 왕이 추천하는 이 달의 라면

라면 왕

뛰어난 미각과 이를 표현하는 감각적인
말솜씨로 전국의 맛있는 라면을 찾아
여러분에게 소개한다. 라면 왕이
소개한 라면은 무조건 맛있다고 한다!

★ ★ ★ ★

라면 왕이 별 4개를 준 올해의 라면은
맛있는 라면

말 라면

질 좋은 닭 뼈와 돼지 뼈를 12시간 끓여 낸
국물은 저마다의 맛이 딱 알맞게 조화를
이룬다. 여기에 살짝 다시마 맛이
더해지면서 궁극의 균형을 잡아 준다.
굵고 쫀득해 식감이 좋은 면은 맛있는
국물과 어우러져 더할 나위가 없다.
살짝 뻑뻑한 것 같지만 뒷맛이 담백해
매일 먹어도 질리지 않는 순한 맛을 자랑한다.

9,000원		
맛	양	면의 굵기
담백함	많음	굵음

맛있는 라면

휴일: 일요일, 국경일 **영업시간:** 11:00~20:30

그 여행자는
친절하게
대답해
주었습니다.

여기서 조금만 더 가면 서로 마주 보는
라면 가게 두 집이 있어요.
어디가 더 맛있는지는 잘 모르겠는데요.
두루미 라면은 진한 국물 맛이
일품이지만 면이 꼬들꼬들하지 않고
좀 퍼져요. 그래서 면과 국물이 따로
논다는 느낌이 들지요.

또 다른 가게는 면이
꼬들꼬들하니 맛있기는 한데
국물에서 살짝 냄새가 나고
진한 맛이 부족해요.
그러다 보니 둘 다
그냥 그런 것 같네요.

"좋았어. 그렇다면
이 몸이 직접
먹어 보고 맛을
비교해 보지!"
조로리 일행은
서둘러 라면 가게로
향했습니다.
그런데 가게 앞에
와서야 큰 문제가
있다는 걸
깨달았습니다.

돈이 2인분어치밖에
없던 것입니다.
그런데 조로리는 조금도
당황하지 않고 이렇게
말했습니다.
"너희가 한 군데씩 들어가
한 그릇씩 먹어라."

"저, 정말이에유?"

"우리 조로리 사부님이
최고구먼유."

"대신 가서 할 일이 있다.
그래야 이 몸이 두 가게의
라면을 다 먹을 수 있거든.
잠깐 귀 좀 빌려다오."

7

조로리의
귓속말이 끝나자
이시시는
거북이 라면 가게로
노시시는
두루미 라면 가게로
서둘러 들어갔습니다.

후루룩후루룩!

이시시는 거북이 라면을 먹으면서 물었습니다.

"아저씨, 혹시 라면 왕 알아유?"

"아아, 알고말고. 그 사람이 칭찬하면

바로 다음 날부터 손님들이 길게 줄을 선다지?

우리도 그러면 얼마나 좋겠냐."

"그 라면 왕이 이 근처에 와 있대유.

혹시 여기에 먹으러 오면

특별 서비스를 해 줘야 할 거구먼유.

잡지에 소개되면 여기도 손님들이

길게 줄을 서는 유명한 가게가 될 테니까유."

"그, 그런데 우리 가게처럼 이렇게

작은 곳에도 진짜 라면 왕이 와 줄까?"

거북이 아저씨가 말을 마친 바로 그때였습니다.

드르륵!

문 닫히는 소리와 함께 어떤 손님이

가게 안으로 들어왔습니다.

"앗! 와, 왔시유. 저 사람이 그 유명한

라면 왕이 분명하구먼유!"

이시시가 거북이 아저씨 귀에 대고 속삭였습니다.

"여기 라면 한 그릇 주세요!"

여러분! 라면을 주문한 그 손님을 잘 보세요.

벌써 눈치챘겠지만 실은 조로리가 라면 왕으로

감쪽같이 변장한 거예요.

그런 줄도 모르고 거북이 아저씨는

솜씨를 발휘해서 면을 만들고,

얇게 썬 돼지고기도 고명으로 듬뿍 얹어서

라면 왕에게 완성된 라면을 내주었습니다.

조로리는 시치미를 뚝 떼고 숨을 한번 크게

들이쉰 다음, 단숨에 후루룩거리며

국물 한 방울도 남기지 않고

먹어치웠습니다.

"뭐라고요? 우리 집은 여기서 장사를 한 지
벌써 스무 해가 넘은 '원조'라고요.
5년 전에 가게를 연 저런 두루미 라면
따위와는 비교도 할 수 없단 말이오!
아, 열 받네!"
갑자기 얼굴을 붉히며 거북이 아저씨가
화를 냈지만 조로리는 전혀 개의치 않는다는 듯
능청스럽게 가게를 나갔습니다.

오래 되고 전통이 있는
가게를 '원조'라고 합니다.

조로리가 두루미 라면 가게에 들어서자

이번에는 미리 와서 라면을 먹던 노시시가

두루미 아저씨에게 속삭였습니다.

"왔시유, 왔다구유. 저 사람이

그 유명한 라면 왕이에유."

"저, 정말이야? 이게 웬 행운이지?"

두루미 아저씨는 솜씨를 한껏 발휘해서

면을 만들고 두껍게 썬 돼지고기와

죽순을 고명으로 듬뿍 얹어

라면 왕에게 라면을 내주었습니다.

야호!

마음속으로 탄성을 지르며 조로리는

천천히 눈을 감고 숨을 크게 들이쉰 다음

면과 함께 국물까지 후루룩

단숨에 먹어 치웠습니다.

"두루미 라면은 말이죠. 국물 맛은 좋은데,

면과 어울리지 못하고 겉도는 맛이에요.

입안에서 면과 국물이 하나가 되면

거북이 라면을 이길 수도 있을 텐데.

그러려면 어떻게 해야 할지 이 몸은

알고 있지만 말이죠. 히히히히."

"뭐라고요?"

두루미 아저씨의 눈이 반짝였습니다.

"하지만 공짜로 가르쳐 줄 수는 없어요!"

"그건 그래유. 맞아유!"

옆에 있던 노시시가 조로리의 말에

맞장구쳤습니다.

"알겠습니다. 거북이 라면을 이길 수만 있다면

무슨 일이든 하겠습니다."

그러자 두루미 아저씨는 금고에서

10만 원을 꺼내 조로리 손에 쥐여 주었습니다.

돈을 챙긴 조로리는 곧바로 면 만드는
방법을 종이에 적었습니다.
"이대로만 만들면 면과 국물이 한데
어우러질 겁니다."
조로리는 두루미 아저씨에게 종이를
건네주고는 서둘러 노시시와 함께
가게를 빠져 나갔습니다.

조로리는
이시시와
노시시를
데리고
가까운
공원으로
갔습니다.

히히히히,
저 두 가게 다,
서로 지고 싶지
않은 모양이야.
그렇다면

이 몸이
더 싸움을
붙여서
두 가게 모두
구제불능으로
만들어
야겠다.

앗, 그
가게를 망하게
해서 빼앗을
생각이시
구먼유?

딩동댕!

크크, 역시
조로리 사부님은 못된
계획 세우는 데
타고났구먼유.
최고예유.

라면
5000
원

돼지고기라면
9500원

계란라면
8500원

파라면
9000원

짬뽕라

나인카우스

특제
삶은달걀
500원

한번
드셔
보세요.

저기,
실은 제가
근사한 국물
맛을 내는
비법을 알고
있는데유.

안 그래도
국물 맛에 자신이
없어서 말이야.
지금 우리 아들이
국물 공부를 하러
갔거든. 그런데
언제 돌아올지는
아직 알 수 없는데
이거 큰일이네.

뭐,
정말인가?
당장 가르쳐
주게.
부탁하네!

거북이
아저씨는
두루미
라면에게는
절대 지고 싶지
않다는 욕심에
이시시에게
배운 대로
국물을
만들었습니다.

첫 번째 대결

뼈 국물 라면

⭐ 스무 해 넘게 전통의 맛을 지켜온 거북이 라면이 새롭게 변신!

어떤 손님

> 스무 해 넘도록 가게를 하면
> 라면을 만드는 도구나 기계에도
> 전통의 맛이 밴다고 생각해유.
> 그 긴 역사와 전통이 배어 있는 도구를
> 국물 맛을 내는 데 사용하지 않다니,
> 정말 아까운 일 아닌감유.

⭐ 한 손님의 아이디어로 거북이 라면 특유의 전통적인 맛에
한층 더 진한 국물 맛을 더했습니다. 부디 원조의 맛을
손님께서 직접 느껴 보시기 바랍니다.

다음 날,
두 가게
앞에는
이런
포스터가
붙었
습니다.

> 지금까지의 국물에 역사가
> 배어 있는 가게의 도구를 더해한걸
> 더 깊은 맛을 우려냈습니다.

어묵 고명

돼지고기 고명

전통의
맛을 살린
국물이 듬뿍

콩나물

시금치

거북이 라면의
자랑 꼬불면

> 이거, 꼭
> 한번 맛을 봐야
> 겠는데!

> 틀림없이
> 깊은 맛이
> 날 거야.

우아!!

거북이 라면 VS 두루미 라면

두루미 라면 기적의 빨대면

☆ 면을 후루룩 삼키는 동시에 두루미 라면만의
진한 국물이 입안 가득 퍼집니다.

그 비밀은 바로 두루미 라면 고유의 빨대면에 있습니다.

면을 자세히 보면, 한 가닥 한 가닥
마카로니처럼 가운데에
구멍이 뚫려 있습니다.
이 면이 빨대 역할을 해서
면을 후루룩 삼키면 국물도 함께
입안으로 빨려 들어온다는 기막힌
방식입니다. 꼭 한번 드셔 보세요.

김

파

두루미 라면의
특제 국물

돼지고기 고명   나물 고명   달걀

그렇다면 이 두 라면에 대한 손님들의 평가는 어땠을까요?

여기 국물은
꽤 맛있어요.

면까지
맛있어지면
더 바랄 게
없지.

아무리 세월이 깃든 전통 있는 물건들이라도

기계와 도구에서 국물 맛을 좋게 할

감칠맛이 우러날 리가 없습니다.

손님들은 찌든 기름과 먼지가 잔뜩 들어간

국물을 먹자마자 토하고 난리가 났습니다.

결국 심하게 화를 내며 다들 돌아갔습니다.

두루미 라면이 내놓은
빨대 라면은……

손님들이 빨대 라면을 후루룩 먹자마자
국물이 입안 가득 퍼졌습니다. 하지만 국물이
뜨거워서 모두 견딜 수가 없었습니다.
결국 손님들은 입안에 화상을 입고 말았습니다.
"정말, 위험한 라면이다!"
"입안이 다 데어서 무슨 맛인지 도통 모르겠어."
손님들은 모두 화를 내며 돌아갔습니다.

"라면에 대해 아무것도 모르는
이시시의 말을 들은 내가 바보였다.
역시 두루미 라면을 밀어 내기
위해서는 정말이지 그 라면 왕에게
상담을 받는 방법밖에 없겠어."
거북이 아저씨는 조로리 아니
라면 왕에게 20만 원을 쥐여 주며
자기 가게로 모셔 왔습니다.

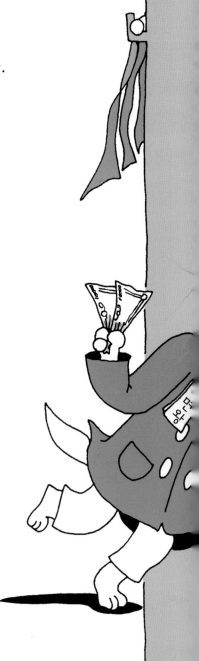

"아니 뭘 이렇게까지! 그렇다면 주인장!

비장의 새로운 라면을 가르쳐 주지.

그거라면 두루미 라면도 두 손 들 거요."

조로리의 말에 거북이 아저씨는

귀가 솔깃해져서는,

기뻐서 어쩔 줄을 몰랐습니다.

　조로리도 신나서 한동안

　　말을 길게 이어갔습니다.

앞으로 라면은
자고로 아이들의
마음을 사로잡아야
살아남을 수 있습니다.
왜냐하면 아이들은
어른들보다 더 오래
살 것이고, 그만큼
라면 먹을 기회도
훨씬 많기 때문이지요.
따라서 아이들이
좋아하는 이걸
라면 만드는 데
이용하면 어떨까요!

초콜릿을 으깨어
면에 넣고, 코코아 국물을
부어 주면 아이들은
틀림없이 기뻐할 거예요.
라면 업계의 상식을
깨는 라면
혁명이지요.

조로리는
초콜릿을
꺼내들었
습니다.

엄청나게 단
달콤 라면의
시대가 드디어
열리는 겁니다!

조로리의 자신만만한
말에 그만 넋이 나간
거북이 아저씨는 재빨리
초콜릿 면을 만들었습니다.
그 무렵……

"큰일 났시유. 두루미 라면을 이길 수 있는
새로운 방법을 거북이 아저씨가
라면 왕한테 샀다나 봐유."
노시시가 두루미 아저씨에게 쪼르르
달려가 고자질을 했습니다.
"뭐, 뭣이라고!"
두루미 아저씨가 당황해하는 모습을
본 노시시는 잽싸게 덧붙였습니다.

"라면 왕이 아이들이 좋아할 만한
달콤한 라면을 만들라고 했어요."
"좋았어! 뭐가 뭔지는 잘 모르겠지만
가만히 앉아서 질 수는 없지.
나도 달콤한 라면으로 맞서 주겠어!"
두루미 아저씨도 재빨리
달콤한 라면을 만들었습니다.

☆ 입안에서 퍼지는 달콤함에
아이들은 행복한 비명!
왜 지금껏 이런 맛은 없었을까?

설탕 라면
신제품

마시멜로
안에 팥소가
들어 있는
두루미 라면
특제 새알심

달걀과 설탕을
듬뿍 넣어 반죽한
달달한 면

얇게 썬 돼지고기 대신
양갱을 고명으로!

시럽에
삶은
달콤한
면발

막대사탕 모양
어묵이 통째로!

끈적
끈적한
설탕
시럽
국물

다음 날,
두 가게
앞에는
각각 이런
포스터가
붙었습니다.

그래,
도전해
보자!

먹어
보자!

음, 맛이
어떨까?

이런 라면은
처음 들어
보는데.

☆ 어린이들이 진짜 좋아할 만한 라면 등장!

라면계의 혁명
초콜릿 라면

달걀 모양의 초콜릿이 녹으면 그 안에서 인형 경품이!

뼛속까지 따뜻해지는 코코아 국물

으깬 초콜릿을 듬뿍 넣어 반죽한 갈색면

생크림 토핑

서비스로 아이스크림을 드립니다. 드시고 싶은 분은 '라면 아이스크림'이라고 말씀해 주세요.

파 대신에 초콜릿 칩이 듬뿍!

어떤 맛인지 한번 먹어 볼까?

엄마, 먹고 싶어요.

과연 두 가게가 내놓은 달달한 라면에 대한 손님들의 반응은 어땠을까요?

두루미 라면의
설탕 라면은……

두 가게의 라면 모두 식사로
먹기에는 너무 달았습니다.
그렇다고 디저트로 먹기에는 양이 너무 많아
배도 불렀지요. 먹던 손님들의 손도 입도 다
끈적끈적해졌습니다.

거북이 라면의
초콜릿 라면은……

거북이 라면

처음에는 마냥 좋아하던 아이들조차 "이제 두 번
다시 먹고 싶지 않아요."라고 말할 지경이었습니다.
다들 배탈이 나서 곧장 집으로 돌아갔습니다.
"아, 이걸 어쩌면 좋아. 손님이 또 줄었잖아!"
두루미 아저씨도, 거북이 아저씨도 모두
머리를 감싸 쥐고 괴로워했습니다.

화, 화장실!

우움

……

으웩

안에는 초콜릿만 들어 있어. 질린다, 질려!

아무리 단 게 좋아도 반도 못 먹겠어.

더 이상 못 먹겠다. 질릴 정도로 달아!

"돈을 그렇게 많이 줬는데 이게 뭐야?"

거북이 아저씨는 화가 잔뜩 났습니다.

그러나 조로리는 기죽지 않았습니다.

"걱정 말라고! 새로운 것을 먹었을 때의 반응은

다 이럴 수밖에 없는 거거든.

투덜대지 말고 앞으로 십 년 동안 꾸준히

이 라면을 팔아 봐요. 틀림없이 다들

이 초콜릿 라면을 좋아하게 될 테니까.”

그때였습니다.

드르르르륵!

거북이 라면 가게 문이 열리면서

누군가가 안으로 들어왔습니다.

으응, 누구지?

"다녀왔습니다. 아빠!

이제 맛있는 국물을 낼 수 있어요!"

아! 맛있는 국물을 내기 위해 공부하러 갔다던

아들 거봉이가 돌아온 것입니다.

거봉이는 이 가게를 물려받을 예정입니다.

"그래. 마침 잘 왔구나. 너의 국물과

나의 면으로 맛있는 라면을 만들어서

초콜릿 라면으로 손해 본 것을 메꿔야겠다!"

거북이 아저씨의 말에

조로리는 화가 나서 말했습니다.

"실패한 게 아니라니까 그러네. 딱 십 년만

이 라면을 계속 만들어 팔면 말이죠……."

그러자 거북이 아저씨가 더는 참지

못하겠다는 듯 소리를 질렀습니다.

"십 년을 어떻게 기다리라는 거야?

당장 꺼지지 못해!"

거북이 라면 가게에서 쫓겨난 조로리는 그 길로 두루미 라면 가게로 갔습니다. 그런데……

두루미 아저씨, 저 거북이 라면 가게 아들이 국물 만드는 법을 공부하고 왔다는데 실력은 정말 있는 거요?

거봉이는 공부를 정말 열심히 한다고요. 틀림없이 맛있는 국물을 만들 수 있는 실력이 되어 돌아왔을 거예요.

두선아. 결국 이런 날이 오고야 말았구나. 그 면에 맛있는 국물까지 더해지면 우리가 이길 방법은 없을 거다.

두루미 아저씨가 한숨을 크게 내쉬며 딸에게 말했습니다.

그러자 조로리가 둘의

어깨에 손을 얹고 말했습니다.

"아직 포기하기에는 이른걸요.

앞으로 라면 가게를 하려면

머리를 많이 써야 한다고요."

"네? 그럼 거북이 라면을 이길 방법이

있다는 얘기입니까?"

두루미 아저씨는 조로리를 쳐다보았습니다.

"이곳을 회전 초밥 가게처럼

회전 라면 가게로 바꾸면 어떨지요?

라면을 작은 그릇에 담아 한 그릇에

천 원씩 파는 거요. 간장 라면, 된장 라면,

곰탕 라면 등 여러 가지 라면을 조금씩

먹는 라면 가게로 만드는 거지.

손님들은 누구나 한 번에 여러 가지 라면을

먹고 싶어 하기 마련이니까요."

조로리가 자신 있다는 듯 힘주어 말했습니다.

"이제 물러설 곳이 없습니다.

그럼 그 아이디어로 승부해 보겠습니다.

라면 왕, 부디 성공할 수 있게 도와주세요."

두루미 아저씨는 금고에서 전 재산을

가지고 나와 조로리에게 내밀었습니다.

"그럼 당장 가게를 바꾸어 볼까요?"

조로리가 나섰습니다.

"그렇다면 아빠, 우리도 여러 가지 국물을
준비해야 하지 않을까요?"
두선이의 말에 조로리가 말리며 나섰습니다.
"앗, 괜찮아. 인스턴트 라면을 끓인 다음에
당신들의 국물을 조금씩 섞어서
부으면 아무도 모를 거야.
싸니까 불평도 안 할 거고.
그럼 빨리 시작합시다!

꺄
악

거북이네 라면 국물이

완성되기 전에 서둘러야 해.”

“그렇게 하면 진짜 라면이 아닌데요…….”

“아니다, 두선아. 빨리 라면 왕이 시키는

대로 하자. 우선 거북이 라면을

이기고 보는 게 중요해. 얼른 가게를 바꾸자.”

승부에 눈이 먼 두루미 아저씨한테는

그 어떤 말도 들리지 않는 모양이었습니다.

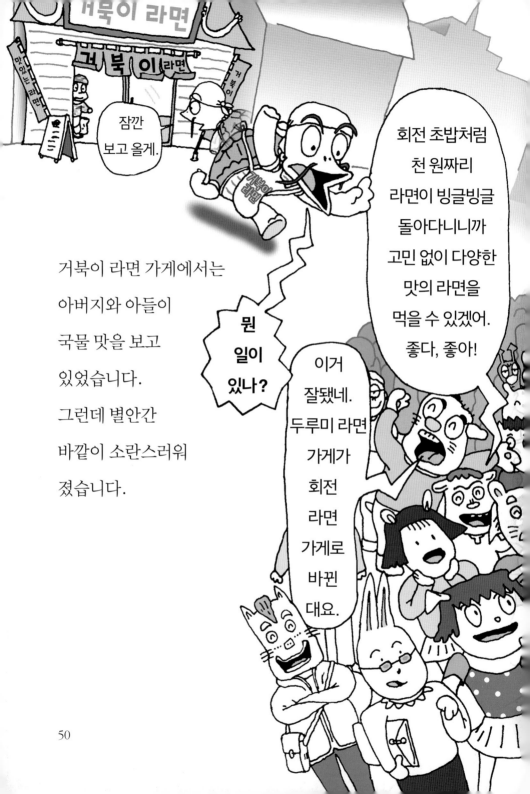

잠깐
보고 올게.

회전 초밥처럼
천 원짜리
라면이 빙글빙글
돌아다니니까
고민 없이 다양한
맛의 라면을
먹을 수 있겠어.
좋다, 좋아!

거북이 라면 가게에서는
아버지와 아들이
국물 맛을 보고
있었습니다.
그런데 별안간
바깥이 소란스러워
졌습니다.

뭔
일이
있나?

이거
잘됐네.
두루미 라면
가게가
회전
라면
가게로
바뀐
대요.

50

두루미 라면 가게에 대한 사람들의 기대는 아주 높았습니다. 거북이 아저씨는 갑자기 불안해져서 서둘러 가게로 돌아왔습니다.

"아빠, 제가 끓인
국물 맛 좀 봐 주세요!"
거봉이의 말에도 거북이 아저씨는
아랑곳하지 않았습니다.

"지금 국물이 문제가 아니다.
두루미 녀석, 싸고 다양한 맛을
한꺼번에 먹을 수 있는 라면을 생각해
냈다 이거지. 나도 질 수는 없지.
우리 가게는 5천 원에 여러 가지
라면을 마음대로 먹을 수 있는
라면 뷔페로 바꾸자!"

거북이 아저씨는 말이 끝나기가 무섭게

커다란 물통 여러 개를 준비하더니

엄청나게 많은 양의 라면을 만들기 시작했습니다.

"아빠, 먼저 국물을 맛있게 만들어야……."

이미 거북이 아저씨에게는 거봉이의 말도

들리지 않는 모양이었습니다.

두 라면
가게 모두
늦도록
환하게 불을
밝힌 채
가게 안을
바꾸는 데
집중
했습니다.

거봉이는 슬쩍 빠져나와

근처에 있는 공원에 가서 쓸쓸하게

그네에 앉아 있었습니다.

"거봉아, 무슨 일 있니?"

등 뒤에서 상냥한 목소리가 들려왔습니다.

 "앗, 두선이구나.

아빠가 라면 뷔페를 하시겠대.

내가 생각해 낸 국물에 대해서는

전혀 들으려고도 하지 않으셔."

"우리 아빠도 회전 라면 가게를 하신대.
라면 맛은 아무래도 상관없으신가 봐."

 "두 분 모두 서로 이기고 싶은 마음만
있으신가 봐.
나는 그저 맛있는 라면을
만들고 싶을 뿐인데 말이야."

"나도 마찬가지야. 서로 다른 맛의
라면이 두 가지 있어도 괜찮잖아."

 "맞아. 손님들도 그런 걸 더 좋아할 텐데."

 "거봉아, 우리는 아빠들처럼
서로 으르렁거리지 말고,
각각의 좋은 점을 받아들여 최고의 라면을
만들어 보지 않을래?"

"좋은 생각이다! 두루미 라면의 국물을 기본으로

내가 더 맛있는 국물을 만들어 볼게.

그 국물에 거북이 라면의 꼬불면을 넣는다면!

우아, 생각만 해도 좋지 않니? 그렇게 되면

정말 최고의 라면이 탄생할지도 몰라."

"그래, 그걸 맛보시면

아빠들도 정신을 차리실 거야."

마음이 통한 둘은 두 손을 맞잡았습니다.

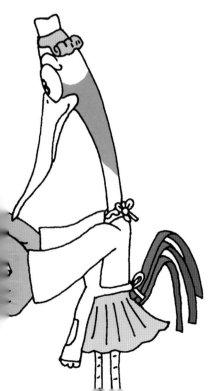

세 번째 대결

모든 라면이
작은 그릇 하나에
천 원. 다양하게
맛보세요.

다음 날 아침,
두 라면
가게는
동시에 문을
열었습니다.
양쪽 가게
모두 싸고,
여러 가지
라면을
먹을 수
있다는
소식에

두루미 라면 VS 거북이 라면

어떤 라면이든
몇 그릇씩 먹어도
단돈 오천 원.
맘껏 드세요.

라면 뷔페

오천 원으로 여러 가지 라면을 마음껏 먹을 수 있습니다.

손님들이
앞다투어
몰려들었
습니다.
그렇다면
가게 안은
어떤 상황
인지 살짝
들여다
볼까요?

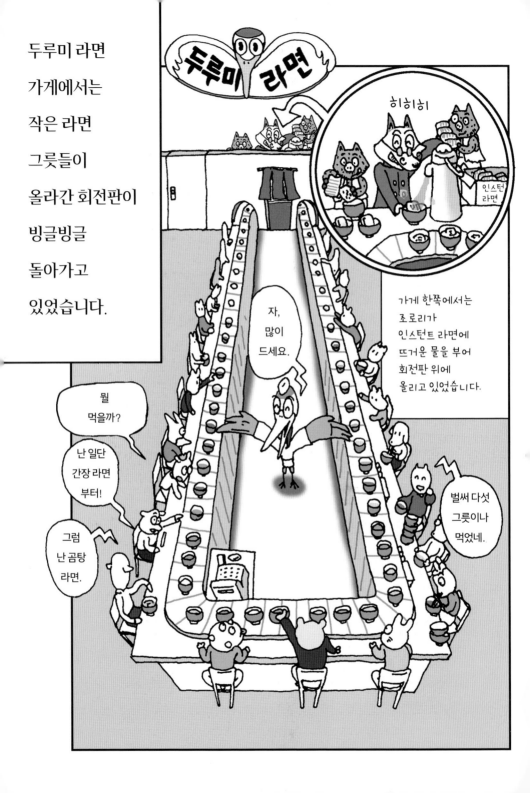

거북이 라면 가게에서는 커다란 통에 여러 가지 맛의 라면을 가득 준비해 놓았습니다.

그런데 시간이 흐르자

아직 익지 않은
라면과 아무도
먹지 않아
퉁퉁 불어 버린
라면들이
회전판 위를
도는 것을 보고
손님들이 화를
내기 시작했
습니다.

거북이 라면 가게도
사정은 마찬가지
였습니다. 한꺼번에
많은 양의 라면을
만들다 보니
시간이 지날수록
라면은 퉁퉁
불어서 더 이상
먹을 수가
없었습니다.

양쪽 가게 모두 손님들이 하나둘씩 빠져나가더니

결국은 다 돌아갔습니다.

두루미 아저씨는

"이제, 끝장이다. 전 재산을 날렸어.

이 가게의 월세마저 낼 수가 없게 됐어. 흑흑흑."

식탁에 엎드려 울음을 터뜨렸습니다.

"손님들이 줄을 서는 가게는 꿈이었구나!"

거북이 아저씨는 국물을 빨아들여

우동처럼 통통 불어 버린 라면을 앞에 두고

그저 멍하니 서 있었습니다.

이런! 두 가게는 이대로 망하는 걸까요?

뭐라고? 대체 그게 뭐야? 아무도 먹어 보지 못한 '환상의 라면'이란 게 뭐야? 어떤 거야? 응?

그럴 리가요. 조로리가 두루미 아저씨를 찾아왔습니다.

내일, 이 몸이 '환상의 라면'을 만들어 다시 손님들을 불러 모을 테니 안심하세요.

그러고는 온갖 그럴 듯한 말로 두루미 아저씨를 안심시켰어요.

그게 정말입니까? 이제 의지할 사람이 당신밖에 없어요. 정말 잘 부탁합니다.

한편 거북이 아저씨에게는
이시시와 노시시가
찾아왔습니다.

우리가 여기 남은
통통 불어터진
라면으로, 내일
당장 손님들이
줄을 서는 가게로
만들어 줄 수
있구먼유.
어때유?

그, 그런
기적이 일어날
수 있을까?
할 수 있다면
부탁할게.
꼭꼭. 제발.

거북이 라면

다음 날이 되었습니다.
두루미 라면 가게에는 '환상의 라면'을
꼭 한번 맛보고 싶다며 호기심 많은
손님들이 잔뜩 몰려왔습니다.

여러분,
라면이 식기 전에
빨리 드세요.
히히히히.

그러나
누구도 그 라면을
먹을 수는 없었습니다.
회전판이 너무 빠른
속도로 돌아서 라면을
집을 수가 없었기
때문이지요.

아무도 먹을 수 없는 라면,
이거야말로 '환상의 라면'이
아니겠습니까?

상황이 이러다 보니 손님들은 다시는 두루미 라면 가게에 오지 않겠다며 전보다 더 화를 내고 돌아갔습니다.

좋았어! 이렇게 손님들을 열 받게 하면 두루미 라면도 다시 일어설 수는 없을 거다. 자자, 주인장! 이제 짐을 싸서 나가지 그래?

두루미 아저씨는 부리를 악물고 가게를 떠났습니다. 그런데······

결국 그런 속셈이었구나. 내가 속았다.

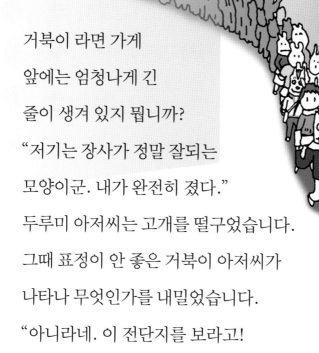

거북이 라면 가게
앞에는 엄청나게 긴
줄이 생겨 있지 뭡니까?
"저기는 장사가 정말 잘되는
모양이군. 내가 완전히 졌다."
두루미 아저씨는 고개를 떨구었습니다.
그때 표정이 안 좋은 거북이 아저씨가
나타나 무엇인가를 내밀었습니다.
"아니라네. 이 전단지를 보라고!

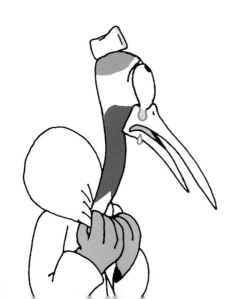

거북이 라면 가게의
불어터진 우동 라면을
한 그릇 다 드시면
만 원을 드리겠습니다.

거북이 라면 가게
주인장 백

이시시와 노시시가
이 전단지를 온 동네에
뿌리고 다녔다네.
우리 가게 이름이
적혀 있으니 이제 와서
아니라고 할 수도 없고.
결국 이렇게
줄이 길어지면
길어질수록 우리 집은
거덜이 나겠지."

커다란 통에 있던 라면이 다 떨어져 갈 무렵

거북이 라면 가게의 금고에 있던 돈도

거의 다 없어졌습니다.

"휴 우 우 우."

거북이 아저씨와 두루미 아저씨는 얼굴을

맞대고 큰 한숨을 쉬었습니다.

바로 그때……

거봉이와 두선이가 라면 두 그릇을

만들어 가지고 왔습니다.

"아빠, 이것 좀 드셔 보세요."

"됐다. 라면이라면 이제 꼴도 보기 싫구나."

그런데 라면에서 맛있는 냄새가 솔솔 나면서

아빠들의 입맛을 자극했습니다.

"그러고 보니 오늘 바빠서 아무것도

먹지를 못했네. 한입 먹어 볼까?"

두 아빠들은 라면을 한입 맛보자마자 깜짝
놀랐습니다.
"이거 어느 집 라면이냐? 정말 맛있구나!"
"그 라면은 다른 가게 라면이 아니에요.
바로 아빠들이 만들던 라면이라고요.
거북이 라면의 면에 두루미 라면의 국물,
이 두 가지가 서로 잘 어울리도록
우리 둘이 연구를 거듭해서 만들었어요."
거봉이의 말에 두 아빠는 깜짝 놀랐습니다.

그렇구나. 우리가 힘을 합치면 이렇게 맛있는 라면을 만들 수 있구나! 그래, 이제 '두루거북 라면'으로 다시 새 출발을 하는 거다!

맞아요. 이 라면이라면 손님들도 반드시 다시 돌아올 거예요. 파이팅.

넷이 손을 맞잡고 기뻐할 때였습니다. 밖에서 큰소리가 들려왔습니다.

자자, 어서 오세요.
앗, 그런데 라면에 들어 있는
막대사탕 모양의 어묵은 딱딱하고
맛없으니까 꼭 빼놓고 드세요. 그 점만
반드시 지켜 주시면 됩니다!

이상한 요구에 고개를
갸웃거리면서도
손님들은 라면을
다 먹고 가게를
나섰습니다.
손님들은
조로리에게
라면 값으로
얼마를 냈을까요?

이게 어찌된 일일까요!

다들 무, 무려 10만 원씩 내고

돌아가는 겁니다.

"10만 원이나 낼 만큼

맛있는 라면이라니, 우리는

도저히 만들 수 없을 것 같은데."

두루미와 거북이 아저씨는

또 다시 포기하고

싶어졌습니다.

고맙습니다.
히히히.

맛있게
먹었어요.

그런데 손님들을 유심히 살피던

두선이가 외쳤습니다.

"잠깐, 저걸 좀 봐요.

손님들 눈빛이 좀 이상하죠?"

그 말에 거봉이도 덧붙였습니다.

"맞아요. 게다가 라면에 넣은

막대사탕 모양 어묵은 왜 먹지 말라는 걸까요?

아무래도 이상해요.

우리가 조사해 봐야겠어요."

거봉이와 두선이는 슬며시

조로리 라면 가게 뒷문으로 달려갔습니다.

맛
있
어
요
!

아니나 다를까,

그곳에는 인스턴트 라면

봉지가 흩어져 있었습니다.

"역시 인스턴트 라면을 손님들에게 먹였구나!"

거봉이가 화를 내자 두선이가

침착하게 말했습니다.

"잠깐만! 그런데 왜 인스턴트 라면을

먹고도 10만 원이나 내고 가는 거지?

좀 더 조사를 해 보자!"

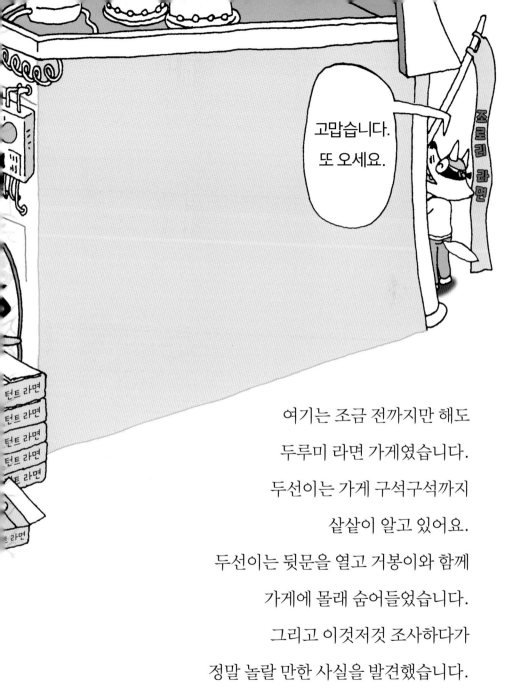

고맙습니다.
또 오세요.

여기는 조금 전까지만 해도
두루미 라면 가게였습니다.
두선이는 가게 구석구석까지
샅샅이 알고 있어요.
두선이는 뒷문을 열고 거봉이와 함께
가게에 몰래 숨어들었습니다.
그리고 이것저것 조사하다가
정말 놀랄 만한 사실을 발견했습니다.

천장에 숨어서 여러 가지 조사를 하는 두선이와 거봉이.

라면에 들어 있는

어묵에 엄청난 비밀이 있었습니다.

어묵에 모터를 달아 빙글빙글 회전하게 만듦. 라면을 먹는 동안 사람들은 최면에 걸림.

진짜 맛있다. 10만 원을 내도 아깝지 않겠어!

라면 값으로 10만 원을 내고 싶게 만드는 최면술.

건전지

모터

자, 여러분도 한번 해 보겠습니까?
조로리 라면의 최면술 어묵!

오른쪽 어묵을 보고 책을 빙글빙글 돌려 보세요. 마치 라면 속 어묵처럼 빙글빙글 돌아갈 거예요.

"라면을 먹는 동안 최면에 걸리게 하다니
도저히 용서할 수 없어!"
두선이는 가게에 들어가 손님들 라면 그릇 안에
있는 어묵을 끄집어냈습니다.
"야, 뭐 하는 짓이야?
어묵은 손대지 말라고 했잖아!
이시시, 빨리 잡아!"

조로리에게 야단맞은 이시시는
서둘러 두선이를 잡았습니다.
"손님, 실례합니다만
그대로 잠깐만 기다려 주세요."
조로리는 두선이에게 빼앗은 어묵을 받아
다시 손님들 그릇에 넣으려고 했습니다.

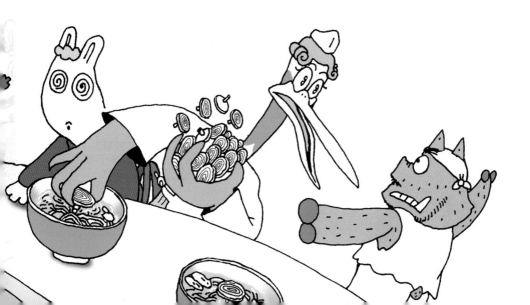

아, 뜨뜨 뜨뜨 거워!

그때 갑자기
노시시가
국물 통에서
튀어나왔습니다.
거봉이가 몰래 다가가
가스 불을 가장 세게
올렸기 때문입니다.

조로리 국물

이런
큰일이다!

86

"여러분들은 저 멧돼지가 목욕한 물로

끓인 인스턴트 라면을 먹은 거예요!"

 "맞아요. 게다가 어묵으로

최면을 걸어 라면 값으로 10만 원이나

뜯어낸다고요!"

그러자 최면이 풀린

손님들이 일제히 일어나더니

조로리 일행에게 라면 그릇과

물컵을 집어던졌습니다.

"이런 걸 먹였다고?"

"우리를 이렇게 바보 취급해도 되는 거야?"

손님들은 엄청나게 화가 났습니다.

화가 머리끝까지 난 손님들은 좀처럼

노여움을 가라앉히지 못했습니다.

"큰일 났다! 다치기 전에
어서 도망치는 게 좋겠어.
빨리 날 따라와라!"
조로리와 이시시, 노시시는
마을에서 순식간에
사라졌어요.

"휴우, 요 며칠 동안 라면 때문에

온갖 고생을 다했네!"

"그러게. 이제 정말 라면이라면 신물이 난다."

마을 주민들이 이런 이야기를 나누고 있는데,

거북이 아저씨와 두루미 아저씨가 나타났습니다.

"저희가 쓸데없는 욕심으로 여러분께

폐를 끼쳤습니다. 많은 손님들이 좋아하는

맛있는 라면 가게가 되겠다는 처음의

마음을 잊고 있었어요."

"이번 일을 거울 삼아 저희 둘이 힘을 합쳐

새로운 라면을 만들었습니다.

그러니 다시 한 번만 저희의 라면을

드셔 보시지 않겠습니까?"

두 아저씨는 마음을 담아 진심으로

마을 주민들에게 사과했습니다.

"아니에요. 우리는 이제 라면은 먹고 싶지 않아요."

주민들이 모두 고개를 내저으며

거절하던 그때였습니다.

거봉이와 두선이가

라면을 가득 실은 카트를 밀고 나타났습니다.

그러자 냄새에 끌려 주민들은 어느새

하나둘 라면 그릇을 받아 들고는

한 입씩 먹기 시작했습니다.

후루룩 쩝쩝.

너도 나도 맛있게 라면 먹는 소리가

온 동네를 가득 채웠습니다.

한 달 후쯤
여행을 하던
조로리 일행은
다시 라면 왕
기사를 읽게
되었습니다.

조로리 사부님,
그 두루미 라면이랑 거북이 라면이
합쳐져서 엄청 맛있는 라면 가게가
된 모양이에유. 진짜 라면 왕이 가서
먹어 보고는 최고의 맛이라고
평가했구먼유. 이제 아저씨들이
바라던 대로 손님들이 줄을 서겠지유?
아, 저도 가서 먹고 싶어유.

야, 이 멍청아!
우리가 가면 아마
맞아 죽을 거다.
그러니 참아!

☆ 도망칠 때 냄비와
인스턴트 라면을
챙겨 왔음.

글쓴이 소개

하라 유타카 (原ゆたか)

1953년 구마모토 현에서 태어났다.

1974년 KFS콘테스트 고단샤 아동도서부문상 수상.

주요 작품으로는《자그마한 숲》,《마탄은 마사오군》,《장갑 로켓의 우주 탐험》,《나의 보물 나막신》,《푸우의 심부름》,《내 것도 아빠 것처럼 되는 걸까?》,《시금치맨》시리즈 등이 있다.

옮긴이 소개

오용택 (吳龍澤)

일본대학교 예술학부 방송학과를 졸업하고 중앙대학교 신문방송대학원을 졸업했다.

중앙대학교 외국어아카데미에서 일본어를 강의했다.

그 외 카피라이터로 활동 중이며 아이들을 위한 좋은 책을 기획, 번역하고 있다. 옮긴 책으로는《건강한 삶, 건강한 기업》등이 있다.

글·그림 하라 유타카
옮김 오용택

1판 1쇄 인쇄 2024년 12월 1일
1판 1쇄 발행 2024년 12월 11일

펴낸이 김영곤　펴낸곳 (주)북이십일 을파소
기획편집 이장건 김의헌 박예진 박고은
서문혜진 김혜지 이지현
아동마케팅 장철용 양슬기 명인수 손용우
최윤아 송혜수 이주은
영업 변유경 김영남 강경남 황성진 김도연
권채영 전연우 최유성
해외기획 최연순 소은선 홍희정
디자인 이찬형　제작 이영민 권경민

출판등록 2000년 5월 6일 제406-2003-061호
주소 (우 10881) 경기도 파주시 회동길 201(문발동)
전화 031-955-2100(대표) 031-955-2109(기획편집)
팩스 031-955-2122　홈페이지 www.book21.com

ISBN 979-11-7117-750-9 74830
ISBN 979-11-7117-605-2 (세트)

책 값은 뒤표지에 있습니다.

다양한 SNS 채널에서 아울북과 을파소의 더 많은 이야기를 만나세요.

인스타그램　페이스북　네이버카페　네이버포스트
@owlbook21　@owlbook21　owlbook21　아울북 and 을파소

かいけつゾロりあついぜ! ラーメンたいけつ
Kaiketsu ZORORI Atsuize! Ramen Taiketsu
Text & Illustraions©2001 Yutaka Hara
All rights reserved.
Original Japanese edition published in Japan in 2001 by Poplar Publishing Co., Ltd.
Korean translation rights arranged with Poplar Publishing Co., Ltd.
Korean translation copyright©2024 by Book21 Publishing Group

· 제조자명 : (주)북이십일
· 주소 및 전화번호 : 경기도 파주시 회동길 201(문발동) / 031-955-2100
· 제조연월 : 2024. 12.
· 제조국명 : 대한민국
· 사용연령 : 8세 이상 어린이 제품

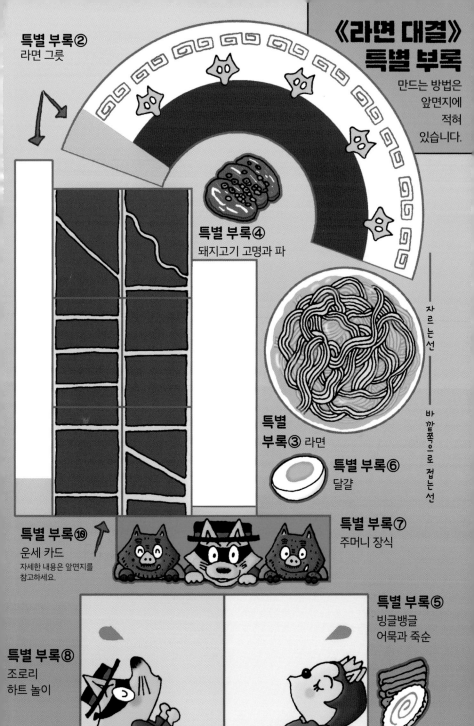

《라면 대결》
특별 부록

만드는 방법은
앞면지에
적혀
있습니다.

특별 부록②
라면 그릇

특별 부록④
돼지고기 고명과 파

자르는 선

바깥쪽으로 접는 선

특별
부록③ 라면

특별 부록⑥
달걀

특별 부록⑩
운세 카드
자세한 내용은 앞면지를
참고하세요.

특별 부록⑦
주머니 장식

특별 부록⑤
빙글뱅글
어묵과 죽순

특별 부록⑧
조로리
하트 놀이

좋아하는 색으로 색칠하고
정리 봉투를 만들어 보세요.

정리 봉투 (특별 부록 ⑨)

책에서 오려 낸 부록들을 잃어 버리지 않도록
여기에 넣어 보관합시다.

1) 접는 선이 있는
데까지 오리는 선을
따라 자릅니다.

2) 가운데 있는
접는 선을 따라
잘 접습니다.

3) 풀칠하는 부분에
풀을 칠한 다음
잘 맞추어 붙이면
정리 봉투 완성!

접는 선

☆ 조로리 종이 인형이나
부록들이 없어지지
않도록 넣어 둡시다.

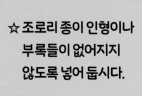

풀칠하는 부분

풀칠하는 부분

(오리는 선)